For my dad.
M.M.

蝴蝶小孩
Butterfly Child

作　　　　者	馬克‧麥耶斯基 (Marc Majewski)
中文書名字	馬克‧麥耶斯基 (Marc Majewski)
譯　　　　者	許珈瑜
內 頁 版 型	高巧怡
行 銷 企 劃	劉旂佑
行 銷 統 籌	駱漢琦
業 務 發 行	邱紹溢
營 運 顧 問	郭其彬
童 書 顧 問	張文婷
第二編輯室	總編輯／林淑雅
出　　　　版	小漫遊文化／漫遊者文化事業股份有限公司
地　　　　址	台北市103大同區重慶北路二段88號2樓之6
電　　　　話	(02) 2715-2022
傳　　　　真	(02) 2715-2021
服 務 信 箱	service@azothbooks.com
網 路 書 店	www.azothbooks.com
臉　　　　書	www.facebook.com/azothbooks.read
服 務 平 台	大雁出版基地
地　　　　址	新北市231新店區北新路三段207-3號5樓
電　　　　話	(02) 8913-1005
傳　　　　真	(02) 8913-1056
劃 撥 帳 號	50022001
戶　　　　名	漫遊者文化事業股份有限公司
書 店 經 銷	聯寶國際文化事業有限公司
電　　　　話	(02) 2695-4083
傳　　　　真	(02) 2695-4087
初 版 一 刷	2024年4月
定　　　　價	台幣380元

BUTTERFLY CHILD by Marc Majewski
Copyright ©2022 by Marc Majewski
Complex Chinese translation copyright © 2024 by Azoth Books Co., Ltd.
Published by arrangement with HarperCollins Children's Books, a division of
HarperCollins Publishers through Bardon-Chinese Media Agency
ALL RIGHTS RESERVED

國家圖書館出版品預行編目 (CIP) 資料

蝴蝶小孩/ 馬克. 麥耶斯基(Marc Majewski) 著；許珈瑜譯.
-- 初版. -- 臺北市：小漫遊文化, 漫遊者文化事業股份有限公
司, 2024.04
48 面；21.3x30.6 公分
譯自：Butterfly child.
ISBN 978-626-98355-4-6(精裝)
1.SHTB: 心理成長--3-6 歲幼兒讀物
876.599　　　　　　　　　　　　　　　113003440

ISBN　978-626-98355-4-6

漫遊，是關於未知的想像，嘗試冒險
的樂趣，和一種自由的開放心靈。
www.facebook.com/runningkidsbooks

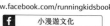
f　小漫遊文化

大人的素養課，通往自由學習之路
www.ontheroad.today

f　遍路文化‧線上課程

馬克·麥耶斯基 著 MARC MAJEWSKI 許珈瑜 譯

Butterfly Child

蝴蝶小孩

我是一隻蝴蝶！

戴ㄉㄞˋ上ㄕㄤˋ這ㄓㄜˋ個ㄍㄜˋ就ㄐㄧㄡˋ完ㄨㄢˊ成ㄔㄥˊ了ㄌㄜˋ，

準備好出發。

我ㄨㄛˇ乘ㄔㄥˊ著ㄓㄜ˙風ㄈㄥ經ㄐㄧㄥ過ㄍㄨㄛˋ
一ㄧˋ朵ㄉㄨㄛˇ又ㄧㄡˋ一ㄧˋ朵ㄉㄨㄛˇ花ㄏㄨㄚ兒ㄦˊ。

當（ㄉㄤ）我（ㄨㄛˇ）張（ㄓㄤ）開（ㄎㄞ）翅（ㄔˋ）膀（ㄅㄤˇ），

我左右轉圈，

前後旋轉，

上_{ㄕㄤ}下_{ㄒㄧㄚ}拍_{ㄆㄞ}翅_ㄔ。

咚（ㄉㄨㄥ）！

噢ㄡˋ，糟ㄗㄠ了ㄌㄜ……

不_{ㄅㄨˋ}會_{ㄏㄨㄟˋ}吧_{ㄅㄚ}， 又_{ㄧㄡˋ}是_{ㄕˋ}這_{ㄓㄜˋ}些_{ㄒㄧㄝ}小_{ㄒㄧㄠˇ}孩_{ㄏㄞˊ}。

「別來煩我！」

算了<ruby>了<rt>ㄌㄜ˙</rt></ruby>！

反正
我寧可待在家裡。

自_{ㄗˋ}己_{ㄐㄧˇ}一個_{ㄍㄜ˙}人_{ㄖㄣˊ}。

爸爸說：
「來，給你……」

「現_{ㄒㄧㄢ}在_{ㄗㄞ}，」

「我們要怎麼做呢？」

我說：
「重新來過。」

我們撿這個、
貼那個；

縫這邊、補那邊

灑灑這裡，
畫畫那裡。

爸爸微微一笑說：
「你就是蝴蝶小孩！」

戴ㄉㄞˋ上ㄕㄤˋ這ㄓㄜˋ個ㄍㄜ˙就ㄐㄧㄡˋ大ㄉㄚˋ功ㄍㄨㄥ告ㄍㄠˋ成ㄔㄥˊ。

我(ㄨㄛˇ)準(ㄓㄨㄣˇ)備(ㄅㄟˋ)好(ㄏㄠˇ)要(ㄧㄠˋ)出(ㄔㄨ)發(ㄈㄚ)了(ㄌㄜ)。

我ㄨˇㄉㄜ乘ㄔㄥˊ風ㄈㄥ而ㄦˊ去ㄑㄩˋ。

這_{ㄓㄜˋ}一_ㄧ次_{ㄘˋ}，

當（ㄉㄤ）我（ㄨㄛˇ）張（ㄓㄤ）開（ㄎㄞ）翅（ㄔˋ）膀（ㄅㄤˇ），

我就翩翩起飛！